Dieses Buch gehört:

Impressum

2. Auflage, 2025
Autorin & Verlegerin: Nadin Voß
Geschichtenzauberei, Kranichweg 12, 15299 Müllrose
Cover, Layout, Satz & Illustrationen:
Sandra Rodenkirchen – pünktchen Text- und Grafikatelier
Lektorat: Katharina Platz – Textgenau
Druck: Samson Druck GmbH,
5581 St. Margarethen
Printed in Austria

ISBN 978-3-9818842-5-8

www.geschichtenzauberei.com

Zipfel und Mütze

im Geisterwald

von Nadin Voß
mit Bildern von
Sandra Rodenkirchen

Der Sommer geht zu Ende. Die Tage werden kürzer. Die Bäume färben sich in leuchtenden Farben.

Das Laub bedeckt den Waldboden.

Darin können Zipfel, das freche Eichhörnchen, und Mütze, der kleine Waschbär, herrlich rascheln.

Zipfel wirft das Laub hoch in die Luft und lässt es auf Mütze regnen.

Tipp!

Dieses Buch enthält Ausmalbilder und darf gerne bunt werden!

Bald ist Halloween.

Die beiden Freunde freuen sich sehr auf ihre oberstarke Gruselparty.

Zipfel und Mütze wollen das ganze Haus gespenstisch dekorieren.

Tagelang basteln sie an der riesigen Spinne. Sie setzen sie in ein monstergroßes Netz. Direkt neben das Gartentor.

Während sie das Netz befestigen, erzählt Zipfel eine Gruselgeschichte: „Frau Achtbein krabbelt langsam und leise über dem Kopf ihrer Beute entlang. Dann lässt sie sich einfach fallen.“ Zipfel krabbelt Mütze mit ihren Fingern über den Kopf. „Sie packt ihre Beute und verspeist sie mit Haut und Haaren.“

Aber so leicht lässt Mütze sich nicht erschrecken:

„Da, da, da, über dir, Zipfel!

Eine echte Riesenspinne!“

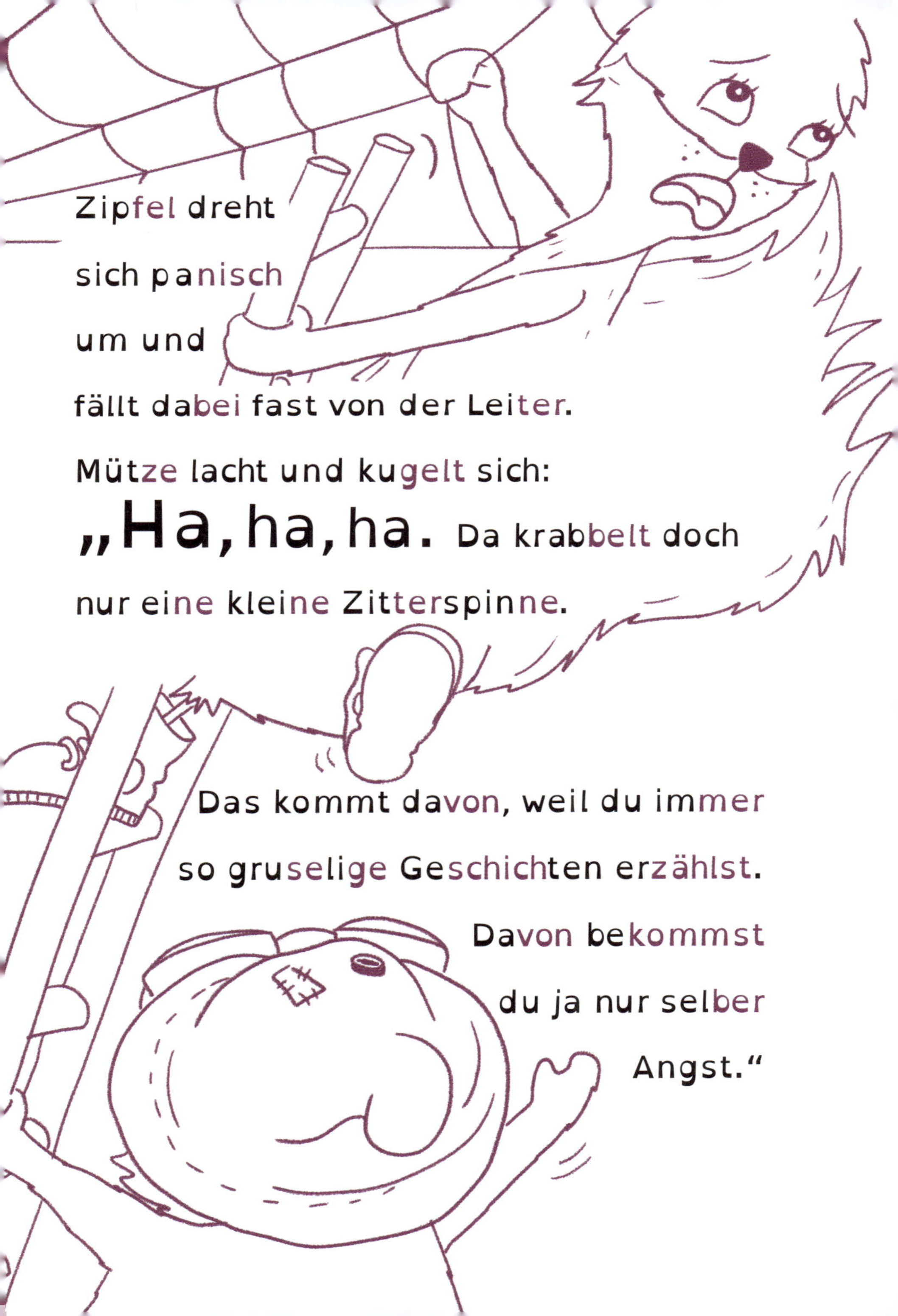

Zipfel dreht
sich panisch
um und
fällt dabei fast von der Leiter.
Mütze lacht und kugelt sich:
„Ha, ha, ha. Da krabbelt doch
nur eine kleine Zitterspinne.

Das kommt davon, weil du immer
so gruselige Geschichten erzählst.
Davon bekommst
du ja nur selber
Angst.“

SÜßES
ODER
SAURES

Gemeinsam stellen sie noch ein
klapperndes Skelett auf.
Das dreht seinen
Kopf und bewegt den
Kiefer, sobald
jemand klingelt.

Wer an Halloween
Süßigkeiten
haben möchte,
soll sich zuerst
mächtig
erschrecken.

Es ist so weit. Zipfel hat sich als Fledermaus verkleidet.

Spitze blutige Zähne schauen aus ihrem Mund. Mütze ist ein finster lachender Kürbis.

Der Wald ist dunkel.
Die beiden Freunde
machen sich auf den Weg.
Sie wollen bei den Nachbarn klingeln
und Süßigkeiten bekommen. Überall
knacken kleine Äste. Der Wind heult.

Huhhh.

Huhhh.

Gruselig.

„Gib uns Süßes, sonst gibt´s Saures!",

ruft Zipfel an jedem Gartentor. Es wird ihnen nett geöffnet und sie bekommen so viele Süßigkeiten, dass sie sie kaum noch tragen können.

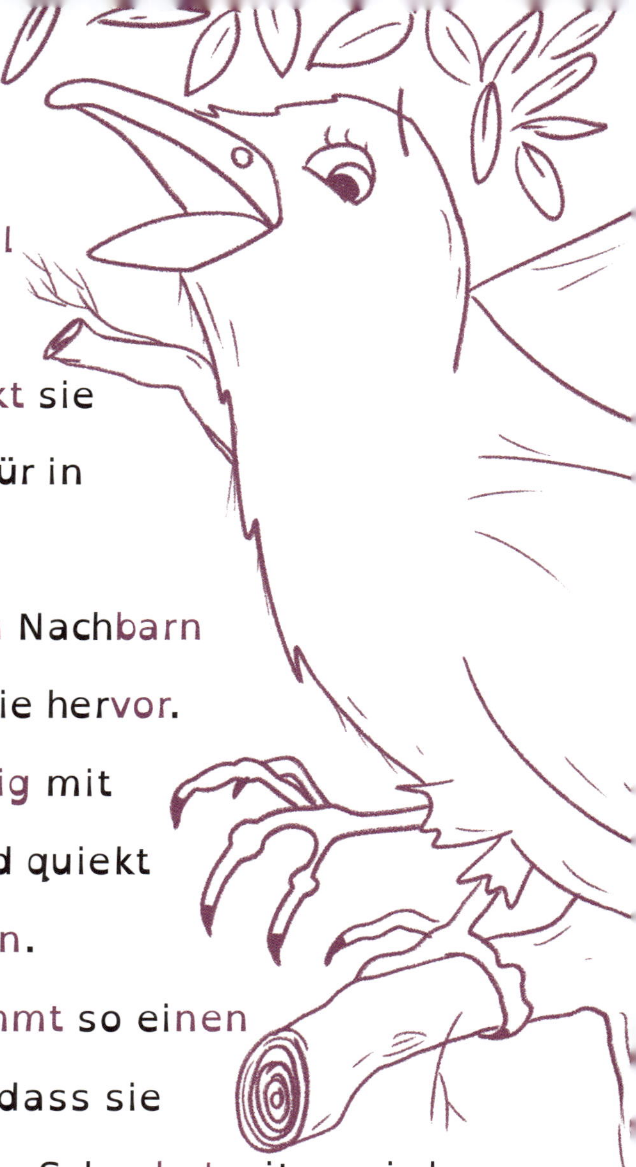

Bald ist es Zipfel zu langweilig. Deshalb versteckt sie sich neben der Tür in einem Gebüsch. Wenn die netten Nachbarn öffnen, springt sie hervor. Sie wackelt kräftig mit ihren Flügeln und quiekt in schrillen Tönen. Frau Rabe bekommt so einen großen Schreck, dass sie ganz weiß um die Schnabelspitze wird.

Zipfel und Mütze erreichen
das Haus vom alten Dachs.
Zipfel freut sich schon,
den alten Dachs ein
bisschen zu erschrecken.
Doch der knurrige Alte erinnert
sich noch sehr gut an das letzte
Jahr und die Streiche der Kinder.
Dieses Mal ist er vorbereitet.

Zipfel flattert aufgeregt mit ihren

Fledermausflügeln

und quiekt.

Mütze bleibt ein paar

Schritte hinter ihr.

Der alte Dachs

ist ihm

unheimlich.

Zipfel tritt an die

Klingel heran.

Doch ehe sie auf den Knopf drücken kann, wird sie mit einem Katapult hoch in die Luft geschleudert.

Der alte Dachs hockt hinter einem Baum. Er lacht gehässig in sich hinein.

„Ich hoffe, das war euch eine Lehre! Im nächsten Jahr spielt ihr mir keine Streiche mehr!“, ruft er erbost.

Ein kräftiger Windstoß

trägt Zipfel weit hinauf in

die Baumkronen.

Ihre Flügel verfangen sich

im dichten Geäst.

Nun hängt sie dort wie eine richtige

Fledermaus kopfüber an einem Ast.

Sie kommt nicht mehr los.

Mütze sitzt der Schreck so tief in den Knochen, dass er den kleinen Hügel hinabkullert. Dabei reißt er Hase Pepe und die Mäusekinder Igor und Lana um. „Lana, Pepe, Igor, schnell. Ihr müsst mir helfen. Zipfel hängt im Baum und braucht unsere Hilfe!“, ruft Mütze ganz aufgeregt.

Pepe und Igor schauen sich verwundert an.
„Zipfel ist ein Eichhörnchen. Eichhörnchen springen immer auf Bäumen herum“, sagt Igor.
Mütze überschlägt sich vor Aufregung beim Reden:
„Ja, aber aber aber sie ist heute eine Fledermaus. Der alte Dachs hat uns eine Falle gestellt. Und und nun ist Zipfel mit ihren Flügeln an einen Ast gefesselt und kommt nicht mehr herunter.“

Lana, die pfiffige kleine Maus stupst ihren Bruder Igor an:

„Wir sind die Supermäuse und werden sie befreien. Los, kommt!“

Kaum hat Lana ihren Satz beendet, rennt sie auch schon los. Igor und Pepe hinterher. Mütze hechelt und japst angestrengt.

Als Kürbis ist er noch unbeweglicher als mit einem Bauch voll Weihnachtsplätzchen. Doch für seine Freundin Zipfel ist ihm keine Anstrengung zu groß.

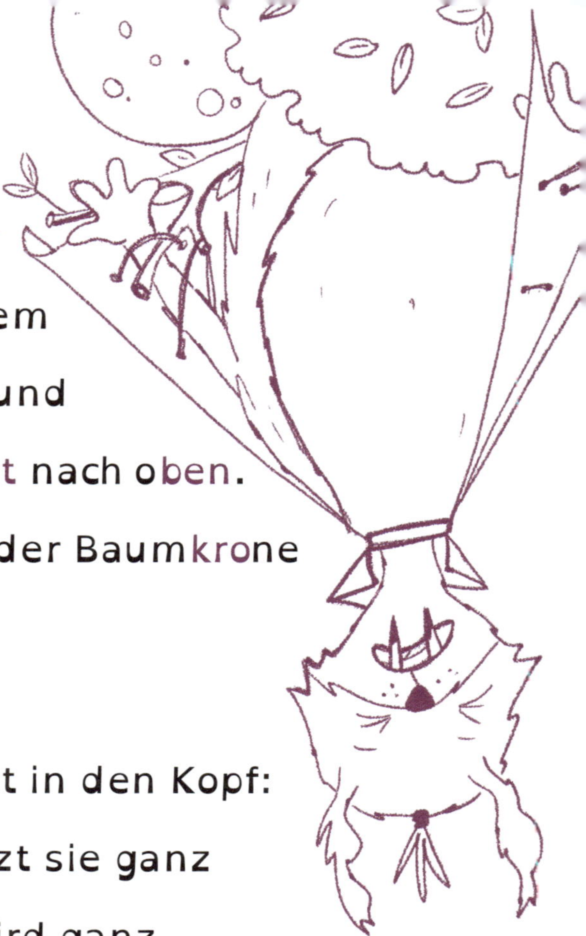

Die Waldkinder
stehen unter dem
riesigen Baum und
schauen besorgt nach oben.
Zipfel hängt in der Baumkrone
und weint.

Ihr läuft das Blut in den Kopf:
„Hilfe“, schluchzt sie ganz
zaghaft. „Mir wird ganz
schwindelig. Hier komme ich

nie wieder herunter.

Ich werde hier oben verhungern.“

„Los Igor, komm mit!“, ruft Lana ihrem Bruder zu. Die beiden Mäuse flitzen den Baumstamm hinauf und über den langen Ast.

„Zipfel, wir sind bei dir. Wir knabbern die Seile von deinen Flügeln durch.“

Sofort machen sich die Mäusekinder an die Arbeit.

Sie nagen mit ihren kleinen Zähnen so schnell wie noch nie.

Doch dann …

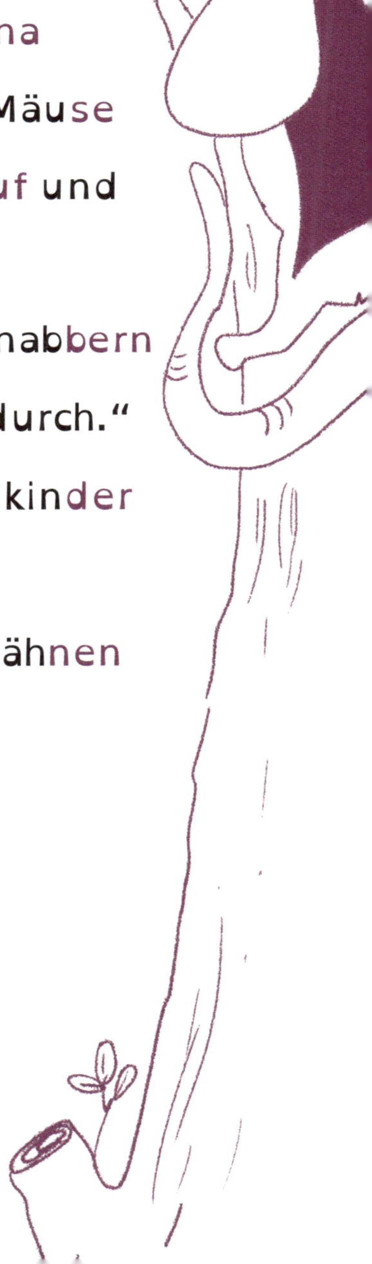

... lösen sich die Fesseln und Zipfel
fällt mit dem Kopf voraus in die Tiefe.
Die Kinder erstarren vor Schreck
und halten sich die Augen zu.

Mütze schluchzt:

„Nein,

Zipfel, nicht!“

Als Mütze vorsichtig durch seine
Finger lugt, sieht er Zipfel unverletzt
in einem Spinnennetz baumeln.

Fräulein Achtbein hatte
das Geschehen beobachtet
und in Windeseile ein Netz gewebt.

Puh, das war knapp.

Alle atmen tief durch.

Sie fallen sich in die Arme und bedanken sich bei Fräulein Achtbein.

Die Kinder teilen ihre gesammelten Süßigkeiten mit ihr.

Unterdessen hat Herr Dachs sich sein Abendessen aus Heidelbeeren und Äpfeln gekocht. Er genießt die Ruhe. Da klingelt es an seiner Gartentür. Schimpfend und wetternd kommt der alte Dachs heraus.

Niemand ist da.

Im Baum gegenüber hängen noch die Flügel von Zipfels Kostüm.
Der Wind lässt sie wackeln. Aus allen Ecken des Waldes ruft es:

„Huhuuuu,

huhuuuu."

Der Mond scheint und die Baumkronen werfen gruselige Schatten.

Gespenstisch.

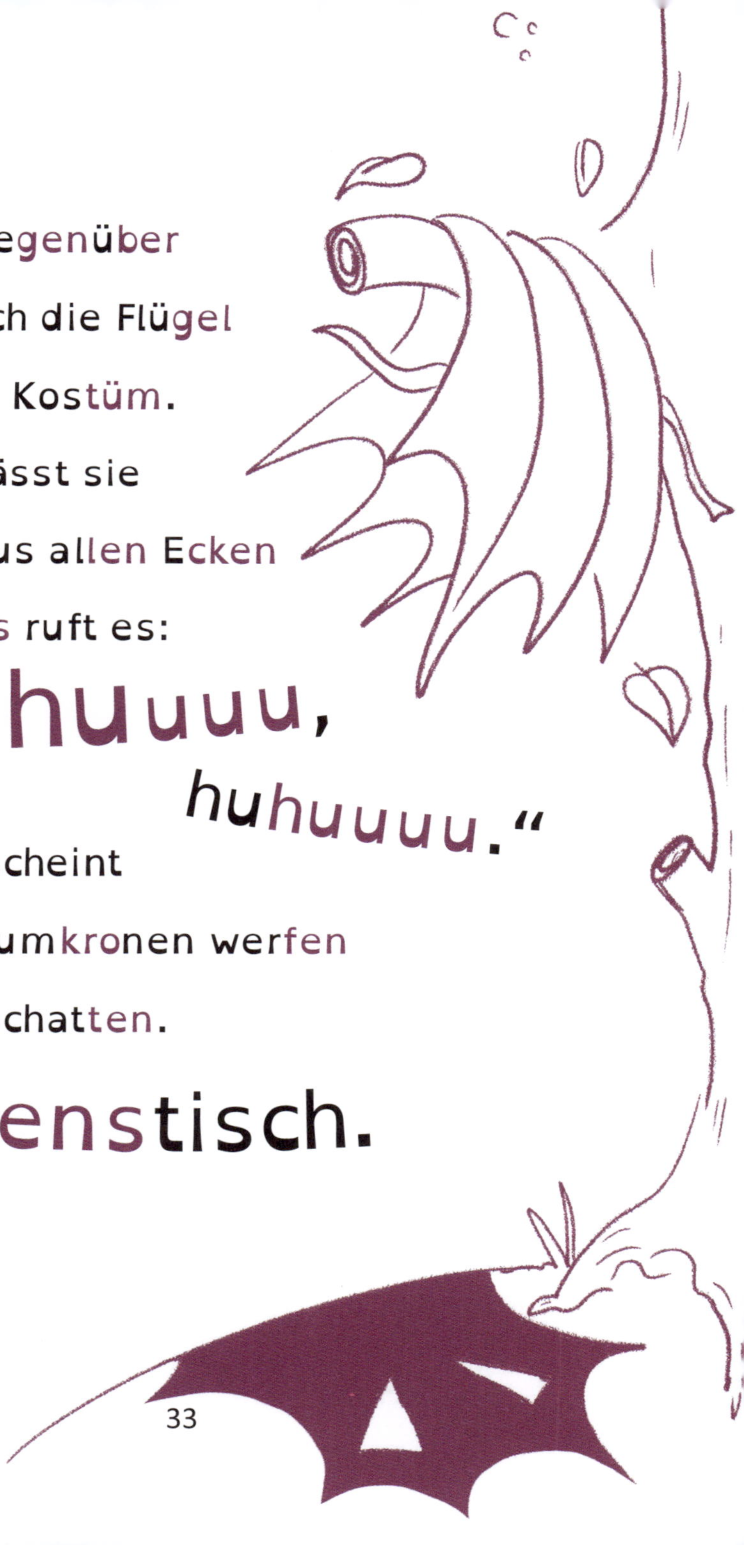

Um besser sehen zu können,

tippelt er vor sein Gartentor.

Dabei tritt er auf das Katapult und

wird durch die Luft geschleudert.

Schließlich landet er im riesigen

Spinnennetz von Zipfel und Mütze.

Die Pappspinne funkelt ihn mit

ihren Leuchtaugen an.

Vor lauter Schreck lässt der Dachs

einen

lauten Pups

fahren.

Die Waldkinder kommen aus ihren

Verstecken gelaufen und lachen.

Aber als Mütze sieht, dass der alte Dachs sich nicht alleine befreien kann, lenkt er ein:

„Wir müssen ihm aus dem Netz helfen.

Fasst mal alle mit an!“

Die Waldkinder stützen den Dachs.

Er knurrt sie grimmig an.

„Das ist doch nur eine
Pappspinne“,
ruft Zipfel.
Nun beginnt der alte
Dachs auch zu lachen.
Er lädt die Kinder zu
sich ein und kocht
ihnen zur Versöhnung
einen leckeren Kakao.

Zipfel schaut sich um. Sie entdeckt in einem Regal ein altes Spiel. Es ist schon ganz eingestaubt.

„Was ist das?“, fragt Zipfel.

„Das ist ein sehr lustiges Spiel, Kinder. Das habe ich früher sehr gerne mit meinen Freunden gespielt. Doch inzwischen ist leider niemand mehr da, mit dem ich es spielen könnte.

Einige sind weit
weggezogen,
andere sind
schon zu alt
und haben
keine Lust mehr zu
spielen“, erklärt
der alte Dachs traurig.
„Wir können es doch mit dir spielen“,
ruft Mütze. Alle Kinder jubeln.
Der alte Dachs lächelt.
„Na gut, wir können es ja
mal versuchen“, sagt der alte Dachs.

Er nimmt die Schachtel aus dem Regal und pustet die dicke Staubschicht runter. Zufrieden feiern sie alle gemeinsam bis spät in die Nacht hinein. Sie spielen und erzählen sich gegenseitig Gruselgeschichten.

„Das war eine oberstarke Gruselparty“, sagt Zipfel.

„Ja, so viel Spaß hatte ich schon lange nicht mehr!“, stimmt ihr der alte Dachs zu.

ENDE

Bastle deine eigene Fledermaus

Dafür brauchst du:

Papprolle vom Toilettenpapier, schwarze Farbe, schwarzes Tonpapier, gelbes Transparentpapier, Schere, Bleistift, Kleber, Pinsel.

So geht es:

1. Zeichne zwei Augen auf die Papprolle und schneide sie dann aus.
2. Nun bemale die Papprolle innen und außen mit schwarzer Farbe.
3. Schneide ein Viereck aus dem Transparentpapier aus und klebe es von innen über die Augen.
4. Deine Fledermaus benötigt Ohren. Drücke dafür die obere Öffnung der Rolle so zusammen, dass zwei spitze Ohren stehen bleiben.
5. Jetzt braucht deine Fledermaus noch zwei Flügel. Dazu faltest du das Tonpapier einmal in der Mitte. Zeichne dann einen Flügel. Achte darauf, dass du beim Ausschneiden durch beide Kartonlagen schneidest. So erhältst du zwei gleiche Flügel. Bekommt deine Fledermaus zackige, runde oder spitze Flügel? Vielleicht verzierst du sie noch mit etwas Glitzer?
6. Klebe die Flügel an die Rückseite der Papprolle.

Fertig ist deine Fledermaus.

Viel Spaß beim Basteln!

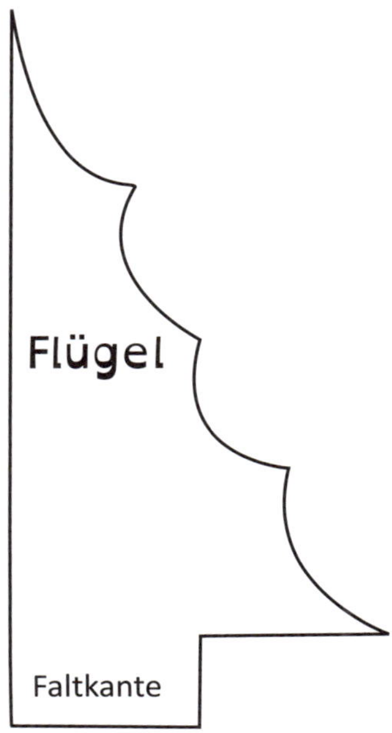

Wenn du noch ein kleines Lämpchen im Inneren befestigst, leuchten ihre Augen. Lass dir dabei von einem Erwachsenen helfen.

Tipp:

Du kannst deine Fledermaus natürlich auch in anderen Farben gestalten. Probiere es einfach aus.

R _ _

W _ SCH _ _ _

Rätsel-spaß!

F _ _ _ _ _

Erkennst du die Tiere, die Zipfel und Mütze bei ihrem Halloween-Streifzug durch den Wald besucht haben?

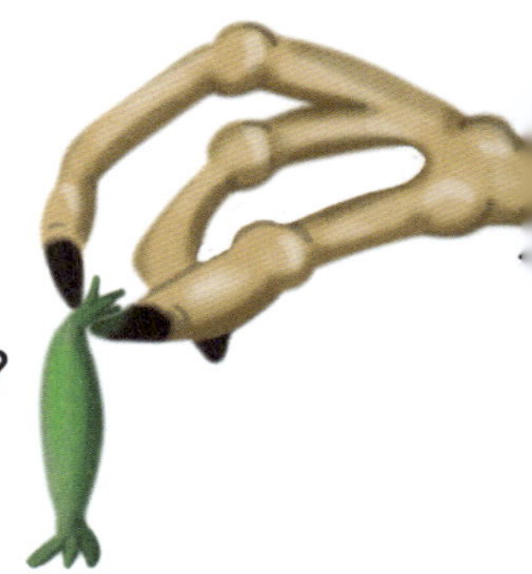

Schreibe die richtigen Tiere in den Lückentext.

R _ _ _

SCH _ _ _ _ _

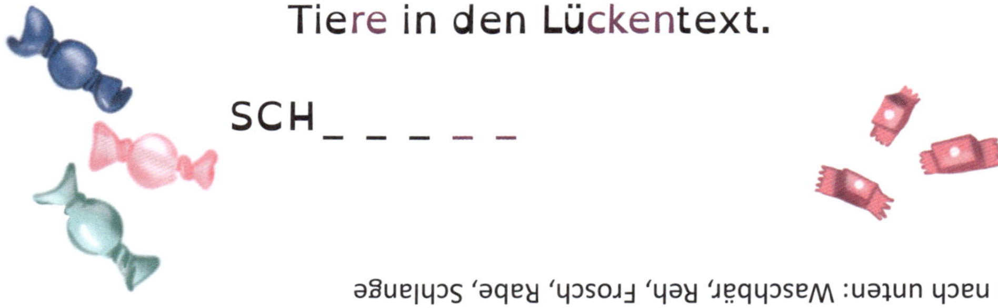

n oben nach unten: Waschbär, Reh, Frosch, Rabe, Schlange

Nadin Voß

Die **Autorin** hat sich ein großes Stück kindlicher Fantasie erhalten. Mit ihren Geschichten ein Strahlen in Kinderaugen zu zaubern und gleichzeitig die Freude am Lesen zu wecken, ist ihr eine große Herzensangelegenheit. Und so purzelten auch für Teil Drei der Zipfel-und-Mütze- Abenteuer die Ideen blitzschnell aufs Papier.

www.geschichtenzauberei.com

Sandra Rodenkirchen

Die **Illustratorin** und Mutter von zwei Kindern lebt mit ihrer Familie auf einem kleinen idyllischen Hof im Münsterland. Mit dem Wald vor der Haustür erschienen die Bilder von Zipfel und Mütze zum gruselig-spannenden Halloween-Abenteuer wie von Geisterhand auf dem digitalen Zeichenpapier.

www.puenktchen-tuga.de

Didaktische Anmerkungen

Titel: Zipfel und Mütze im Geisterwald
Leser: Für Mädchen und Jungen ab 6 Jahren
Lesbarkeit: Eine Geschichte für Erstleser mit Ausmalbildern
Textumfang: 1.234 Wörter

Die Geschichte wurde speziell für Leseanfänger und leseschwache Kinder konzipiert. Der Text weist eine sehr einfache Lesbarkeit auf und ermöglicht es dem Kind, schwierige Wörter durch Wiederholung einzuüben. Der Text wird durch Illustrationen und Ausmalbilder aufgelockert, so dass er auch für Kinder geeignet ist, die noch Probleme haben, sich beim Lesen über einen längeren Zeitraum zu konzentrieren. Die eingefärbten Silben dienen als Unterstützung und erleichtern das Entschlüsseln von langen/komplexen Wörtern. Die größere Schrift und die weiten Zeilenabstände erleichtern es den jungen Lesern, sich den Text zu erschließen. Die verwendete Schriftart heißt „OpenDyslexic". Diese Schriftart wurde für Leser mit Legasthenie entwickelt, eignet sich deshalb aber auch besonders gut für Erstleser.

Verwendeter Schriftfont: http://opendyslexic.org/

*„Sehr gute Lesbarkeit und optimal geeignet für Erstleser*innen und leseschwache Kinder."*

Frau C. Adler, Ergotherapeutin

Silbenschreibweise
Ausmalbilder
Bastelbogen

Leseförderung
und Training
der Feinmotorik!

Einfach lesen mit Zipfel und Mütze

T-Shirt „Leseprofi"

Tasse„Knuddelalarm"

Gold-Medaille „Leseprofi"

„Zipfel und Mütze – Der falsche Osterhase"
ISBN: 978-3-9818842-4-1

„Zipfel und Mütze verpassen das Weihnachts-Postauto"
ISBN: 978-3-9818842-3-4

Entdecke weitere Erstlese-Abenteuer mit Zipfel und Mütze:
www.geschichtenzauberei.com